AF452629

23 Mai 1908

99 P

PORCELAINES

DE

CHINE, SÈVRES & SAXE

FAÏENCES DE DELFT

DE H. STETTTER

PORCELAINES

DE

CHINE, SÈVRES & SAXE

FAIENCES DE DELFT

CONDITIONS DE LA VENTE

Elle sera faite au comptant.

Les acquéreurs payeront *dix pour cent* en sus des prix d'adjudication.

L'exposition mettant le public à même de se rendre compte de la nature et de l'état des objets, il ne sera admis aucune réclamation une fois l'adjudication prononcée.

Paris. — Imp. Georges Petit, 12, rue Godot-de-Mauroi. — 1882-08.

CATALOGUE

DES

ANCIENNES PORCELAINES

DE

Chine, Sèvres, Saxe

ET

FAIENCES DE DELFT

PORCELAINES DIVERSES

DONT LA VENTE AURA LIEU A PARIS

HOTEL DROUOT, SALLE N° II

Le Samedi 23 Mai 1908

à 2 heures

COMMISSAIRE-PRISEUR	EXPERTS
Me F. LAIR-DUBREUIL	**MM. MANNHEIM**
6, rue Favart, 6	7, rue Saint-Georges, 7

EXPOSITION PUBLIQUE

Le Vendredi 22 Mai 1908, de 1 heure 1/2 à 5 heures 1/2

Désignation

PORCELAINES

DE LA CHINE ET DU JAPON

1 — FRAGMENT DE CORNET en ancienne porcelaine
de Chine, époque Kang-Hi : lambrequins et
branchages.

2 — DEUX PANSES DE VASES en ancienne porcelaine
de Chine, époque Kang-Hi : fleurs dans des
compartiments.

3 — DEUX PETITS CORNETS en ancienne porcelaine
de Chine, époque Kang-Hi, décorés de réserves
à fleurs sur fond piqueté.

4 — PLAT en ancienne porcelaine de Chine, époque
Kang-Hi, décoré, au fond, d'une réserve à fleurs
et à la chute de quatre compartiments à fleurs,
fond vermiculé.

5 — VASQUE en ancienne porcelaine de Chine,
époque Kang-Hi, décorée de compartiments
d'animaux, d'oiseaux, de feuillages, sur fond
jaune chargé de fleurs.

6 — JARDINIÈRE cylindrique en ancienne porcelaine
de Chine : personnages réservés sur fond bleu
fouetté. Socle en bois.

7 — PLAT en ancienne porcelaine de Chine, époque
Kang-Hi, décoré, au fond, d'une réserve à paysage maritime et, au marli, de huit réserves
à fleurs. Émaux de couleur, fond bleu fouetté.

8 — VASE-ROULEAU en ancienne porcelaine de Chine,
époque Kang-Hi : scènes d'intérieur, animées
de nombreux personnages ; enfants sur le col.

9 — DEUX CHIENS de Fô en ancienne porcelaine de
Chine émaillée sur biscuit.

10 — POT avec couvercle, réserves à ustensiles et
fleurs sur fond bleu caillouté. Ancienne porcelaine de Chine.

11 — PETIT PLAT rond en ancienne porcelaine de
Chine : oiseaux, rochers et fleurs.

12 — STATUETTE de femme debout, tenant un vase.
Ancienne porcelaine de Chine.

13 — VASE-ROULEAU en ancienne porcelaine de
Chine : personnages dans des paysages en dorure
sur fond bleu fouetté.

14 — CACHE-POT en ancienne porcelaine de Chine,
décor en dorure sur fond bleu fouetté.

15 — VASE rond avec couvercle en ancienne porcelaine de Chine : fleurs et rinceaux.

16 — CORNET en ancienne porcelaine de Chine, décoré en bleu de rochers, branches fleuries et oiseaux dans des compartiments.

17 — DEUX TASSES et leurs soucoupes en ancienne porcelaine de Chine, époque Kien-Lung : corbeilles fleuries et fleurs.

18 — GOBELET en ancienne porcelaine de Chine, époque Kien-Lung : personnages et arbustes.

19 — DEUX TASSES avec soucoupes en forme de feuilles, personnages et fleurs. Ancienne porcelaine de Chine, époque Kien-Lung.

20 — CARAFE de Khalian en ancienne porcelaine de Chine, époque Kien-Lung : personnages, fleurs et imbrications. Monture en métal.

21 — PITONG hexagone ajouré en ancienne porcelaine de Chine, époque Kien-Lung : petits paysages dans des médaillons.

22 — DEUX STATUETTES de personnages assis tenant chacun un petit vase. Ancienne porcelaine de Chine, époque Kien-Lung.

23 — CACHE-POT en ancienne porcelaine de Chine, époque Kien-Lung : animaux, paysages et fleurs.

24 — ASSIETTE en ancienne porcelaine de Chine, époque Kien-Lung : coq, fleurs et lambrequins.

25 — DEUX STATUETTES variées se faisant pendants, en ancienne porcelaine de Chine, époque Kien-Lung : personnages debout, tenant chacun un petit vase porte-lumière.

26 — Statuette en porcelaine de Chine, décor bleu : personnage debout portant une corbeille de fleurs. Fin de l'époque Kien-Lung.

27 — Théière et sucrier avec couvercles, tasse et petit sucrier : armoiries et fleurs. Ancienne porcelaine de la Compagnie des Indes.

28 — Bouteille à pans en ancienne porcelaine du Japon, à décor de branchages fleuris.

29 — Deux coqs en ancienne porcelaine du Japon.

FAIENCES

30 — Groupe composé d'une jeune femme jouant de la vielle, d'un enfant et d'un mouton. Ancienne faïence de Lorraine.

31 — Deux appliques ovales à une lumière : armoiries, rehauts de dorure. Ancienne faïence de Delft.

32 — Théière à anse surélevée, avec couvercle, accompagnée d'un réchaud à double fond mobile. Date : *1745*. Fleurs et lambrequins en bleu. Ancienne faïence de Delft.

33 — Assiette en ancienne faïence de Delft : armoirie dans un motif à rocailles ; rehauts de dorures.

34 — Bouilloire en ancienne faïence de Delft, décor de fleurs en couleurs, avec rehauts de dorures.

35 — PLAT A BARBE en ancienne faïence de Delft : paysages animés en bleu, fond quadrillé rouge ; bordures à fond noir.

36 — BOUTEILLE à pans, en ancienne faïence de Delft : oiseau et fleurs en couleurs, avec rehauts de dorures sur la panse ; rinceaux sur fond noir au col.

37 — GARNITURE de trois pièces : potiche à pans et deux vases à pans, à décor de haies fleuries en couleurs, avec rehauts de dorures. Ancienne faïence de Delft.

PORCELAINES DE SÈVRES

38 — PETITE TASSE à deux anses avec une soucoupe en ancienne porcelaine tendre de Sèvres : médaillons à fleurs sur fond rose Du Barry.

39 — TASSE obconique, munie de deux anses, avec couvercle et présentoir, en ancienne porcelaine tendre de Sèvres, décorée de guirlandes de fleurs. avec bordures pointillées bleu clair.

40 — THÉIÈRE avec couvercle en ancienne porcelaine tendre de Sèvres, décorée de deux médaillons à fleurs, sur fond vert semé de disques en dorure.

41 — GRANDE TASSE obconique en ancienne porcelaine tendre de Sèvres, décorée d'une réserve à fleurs sur fond bleu turquoise. Soucoupe de même décor.

42 — Tasse droite avec sa soucoupe en ancienne porcelaine tendre de Sèvres : bandes à guirlandes de fleurs sur fond pointillé en dorure.

43 — Petit présentoir carré avec galerie ajourée : couronne de fleurs. Ancienne porcelaine tendre de Sèvres.

44 — Présentoir carré avec galerie ajourée : guirlandes de fleurs, baguettes rouges, encadrement pointillé bleu. Même porcelaine.

45 — Petite tasse droite en ancienne porcelaine tendre de Sèvres, décorée de roses avec guirlandes enroulées en spirales.

46 — Soucoupe en ancienne porcelaine tendre de Sèvres : guirlandes de fleurs, bordure piquetée bleu clair.

47 — Petit cabaret composé d'une théière, un sucrier, avec couvercles, deux tasses avec soucoupes en ancienne porcelaine tendre de Sèvres : pot à lait même porcelaine, pâte dure, gobelet en verre doré. Le tout dans un coffret en bois de placage.

48 — Tête-à-tête composé d'un plateau à deux anses, d'un pot à lait, d'un sucrier avec couvercle, de deux tasses avec soucoupes. Décor de roses sur fond vert à œils-de-perdrix. Ancienne porcelaine tendre de Sèvres.

49 — Plateau lobé en ancienne porcelaine tendre de Sèvres : amours et fleurs en camaïeu rose.

50 — TASSE droite et sa soucoupe en ancienne porcelaine tendre de Sèvres : roses et couronnes de feuillages.

51 — QUATRE POTS DE TOILETTE avec couvercles et en deux dimensions : décor de fleurs. Ancienne porcelaine tendre de Sèvres.

52 — TROIS TASSES avec soucoupes : fleurs; dents de loup en dorure. Ancienne porcelaine tendre de Sèvres.

53 — TASSE droite et sa soucoupe en ancienne porcelaine dure de Sèvres : personnages chinois, et dorure.

54 — COUPE en ancienne porcelaine tendre de Sèvres : bouquets de fleurs semés.

55 — RAVIER en ancienne porcelaine tendre de Sèvres, décoré de quatre réserves, amours et attributs, sur fond bleu turquoise rehaussé de dorures.

56 — PETITE TASSE droite avec soucoupe, en ancienne porcelaine tendre de Sèvres, décor en dorure sur fond bleu de roi.

57 — CINQUANTE-NEUF ASSIETTES plates, quinze assiettes creuses et deux compotiers triangulaires, en ancienne porcelaine tendre de Sèvres; rinceaux en bleu, bordures jaunes. Ancienne porcelaine tendre de Sèvres.

58 — Huit plats longs, huit plats ronds et un com-
potier rond de même décor. Ancienne porcelaine
dure de Sèvres.

59 — Petit encadrement en ancien biscuit de Sèvres :
guirlande de fleurs réservée sur fond bleu.

60 — Petit buste de femme, la tête tournée vers
l'épaule gauche, une draperie sur la poitrine.
Ancien biscuit de Sèvres.

PORCELAINES VARIEES

61 — Pot a lait, fleurs. Porcelaine de Vienne.

62 — Deux assiettes ornées de fleurs, nœuds de
rubans au marli. Ancienne porcelaine de Vienne.

63 — Cache-pot cylindrique en ancienne porcelaine
de Vienne : jetés de fleurs.

64 — Veilleuse de forme obconique, avec double
fond et couvercle, décorée de personnages chinois, de fleurs et de fruits. Ancienne porcelaine
de Hœchst.

65 — Théière avec couvercle en ancienne porcelaine
de Louisbourg : paysage en camaïeu carmin.

66 — Plateau en forme de losange, sujet galant
en camaïeu rose. Ancienne porcelaine de Fran-
kenthal.

67 — CAFETIÈRE avec couvercle en ancienne porcelaine blanche d'Allemagne, à décor de branchages fleuris en ronde bosse. Monture en argent.

68 — MÉNAGÈRE en ancienne porcelaine de Saxe, composée d'un plateau surmonté d'une tige à rocailles et supportant trois petits récipients. Le plateau est accompagné de deux petites coupes : décor de fleurs et gaufrures sous couverte.

69 — TROIS PLATS ronds lobés en ancienne porcelaine de Saxe : arbuste fleuri en couleurs, armoiries en camaïeu rose.

70 — PLATEAU à bords contournés en ancienne porcelaine de Saxe : bouquets de fleurs au fond, fleurs et vannerie sous couverte à la chute.

71 — SIX COUTEAUX ET SIX FOURCHETTES à manches d'ancienne porcelaine de Saxe à fleurs.

72 — DEUX PLATS longs en ancienne porcelaine de Saxe : fleurs au fond, fleurettes gaufrées sous couverte au marli.

73 — PETIT VASE avec couvercle surmonté d'un escargot. Ancienne porcelaine de Saxe.

74 — PETIT GROUPE en ancienne porcelaine de Saxe : berger et bergère.

75 — GROUPE en ancienne porcelaine de Saxe : Léda et le cygne accompagnés de l'Amour.

76 — STATUETTE en ancienne porcelaine de Saxe :
jeune femme assise tenant une corbeille porte-
fleurs sur ses genoux.

77 — CORBEILLE ajourée en forme de chariot, en
ancienne porcelaine de Saxe, décorée de fleurs
au fond et de myosotis en relief au pourtour.

78 — STATUETTE d'enfant chinois debout, coiffé d'une
feuille, et une jambe levée. Ancienne porcelaine
de Saxe.

79 — DEUX AUTRES STATUETTES d'enfants chinois
debout, porcelaine de Paris (?) : ils sont coiffés
d'une feuille et ont chacun une jambe levée.

80 — CABARET solitaire composé d'un plateau, d'un
pot à lait et d'un sucrier avec couvercles, d'un
autre pot à lait, d'une tasse avec soucoupe.
Décor de barbeaux et fleurettes. Ancienne porcelaine de Paris.

81 — TASSE droite et sa soucoupe en ancienne porcelaine de Paris : barbeaux et quadrillés.

82 — POT A LAIT en ancienne porcelaine de Paris,
décor de barbeaux.

83 — Autre forme casque. Même porcelaine.

84 — DEUX TASSES avec leurs soucoupes en ancienne
porcelaine tendre de Chantilly, à décor de réserves à fleurs sur fond quadrillé bleu.

85 — Deux pots de toilette avec trois couvercles en ancienne porcelaine tendre à décor de fleurs. Mennecy et Bourg-la-Reine.

86 — Théière avec couvercle en ancienne porcelaine tendre de Mennecy, à décor de fleurs.

87 — Nécessaire composé de six flacons en verre à bouchons d'argent, d'un petit gobelet, d'un présentoir en argent et d'un pot de toilette avec couvercle en ancienne porcelaine tendre de Mennecy. Dans un coffret, décoré de personnages, du xviiiᵉ siècle.

88 — Tasse droite et sa soucoupe en ancienne porcelaine de Capo di Monte : jeunes femmes dansant, fond vert avec étoiles en dorure.

89 — Deux statuettes en ancienne porcelaine blanche : adolescent et jeune femme tenant chacun un volatile.

90 — Vase en ancienne porcelaine tendre blanche, décoré de têtes d'aigles et de fleurs en ronde-bosse.

91 — Écritoire, décor doré avec bordures à fond bleu. Ancienne porcelaine anglaise.

92 — Grande tasse droite en biscuit anglais à fond bleu.

93 — Deux petits bustes d'hommes sur piédouches mobiles. Ancien biscuit.

94 — DEUX STATUETTES d'enfants assis, en ancien
biscuit.

95 — GROUPE en biscuit: chiens attaquant un san-
glier.

96 — VASE forme Médicis en porcelaine dure du
temps de Louis XVI: anses mufles de lions,
médaillons contenant des oiseaux, fond rose à
œils-de-perdrix.

97 — BEURRIER avec couvercle et présentoir et deux
tasses avec soucoupes en porcelaine tendre: fleurs
et baguettes bleues.

98 — POT A LAIT en porcelaine tendre, décoré d'une
zone de fleurs sur fond bleu foncé rehaussé de
dorure.